KB043241

아내바라기

고대륜 지음

아내바라기

1판 1쇄 : 인쇄 2022년 07월 25일
1판 1쇄 : 발행 2022년 07월 29일

지은이 : 고대륜
펴낸이 : 서동영
펴낸곳 : 서영출판사

출판등록 : 2010년 11월 26일 제 (25100-2010-000011호)
주소 : 서울특별시 마포구 월드컵로 31길 62
전화 : 02-338-0117 팩스 : 02-338-7160
이메일 : sdy5608@hanmail.net

디자인 : 이원경

ⓒ2022 고대륜 seo young printed in seoul korea
ISBN 979-11-92055-18-3 03810

오늘의 디카시선집 03

아내바라기

고대륜 지음

2022·서영

고대륜 시인의 디카시집 출간을 축하하며

    고대륜 시인은 1939년 1월 9일 전남 신안군 도초면 발매리에서 아버지 고금담과 어머니 배순례 사이에서 6남매 중 큰아들로 태어났다.

    1945년 해방되는 해에 국민학교에 들어간 그는 매일 7킬로미터나 떨어진 먼 거리를 걸어 등교해야 했다. 게다가 교실이 부족하여, 2부제 수업을 하였다.

    국민학교 3학년 2학기 때 도초서 국민학교로 전학하여 3회로 졸업을 했다. 그해 6.25전쟁이 일어나, 목포제일중학교에 진학했지만, 학교가 불타 버렸고 또 교사가 부족하여 2부제 수업을 해야 했다. 중학교 3학년 때 휴전결사반대 궐기 대회를 시내를 돌면서 외쳐댔다. 문태 고등학교에 다니면서, 학도 군사훈련도 받았다.

    육군 포병중대로 입대하여, 교육계에서 복무하다가, 제대 6개월을 남겨 두고 갑종 간부 후보생 184기에 합격하여 상무대 보병학교에서 교육받았다. 하지만, 몸이 아파 중도에 그만두고 제대하고 말았다.

제대 후, 목포교육대학에 입학하여, 1967년에 졸업하고, 방송통신대학 초등교육학과를 졸업한 뒤, 신안, 나주, 광주, 함평 등지에서 평교사로 근무했고, 교감으로 승진하여 무안, 도초, 목포 등지에서 6년간 근무하다, 목포 신흥 초등학교에서 퇴직하였다. 그 사이 교육 논문을 다수 집필했다.

21살 때 중매로 무인생 동갑내기인 황명순과 만나 결혼하여, 슬하에 2남 2녀를 두었다.

퇴직 후, 광주 지방검찰청 범죄 예방위원으로 6년간 활동하였고, 빛고을 대동 문화대학을 수료했으며, 빛고을 노인 건강 타운에서 영어, 컴퓨터, 문학, 시 사랑, 헬스 프로그램에 참여하고 있다.

2018년 [동산문학] 신인문학상 시 수상으로 문단 데뷔를 했으며, [은발의 향기]에 참여하고 있고, 또 [동산문학] 작가 이사, 광주 시인협회 회원, 광주 문인협회 회원, 광주 [서석문학] 회원, 은가비 동인지 회원, 한실문예창작 방그레 문학회 회장으로도 활약하고 있다.

수상으로는, 계간지 [오은문학] 디카시 문학 대상, 월간지 [문학공간] 디카시 문학 대상, 녹조 근정훈장, 국민교육헌장 교육부 장관상, 제3회 환경 살리기 백일장 시 당선 등이 있다.

자, 그러면 지금부터 고대륜 시인의 디카시 작품 세계로 산책을 떠나보자.

흰 통꽃

나팔 불고 싶어요
파란 마음 하얀 마음
뚜뚜 뚜르뚜.

    이 디카시에서의 시적 화자는 식당 앞 화분에 심어져 마침내 하얀 꽃을 피운 통꽃을 관찰하고 있다.

    갈치조림 병치조림 등을 파는 속풀이 전문점 식당 앞에서 무슨 말을 하고 싶어 저렇게 하얀 입을 활짝 연 것일까. 시원하게 속풀이를 해야 파란 마음이 된다는 것일까. 바깥으로 돌던 마음을 속내로 끌어당겨야 하얀 마음이 된다는 것일까. 술 취한 저녁이 휘청거리지 않게 감칠맛 나는 손맛으로 속풀이를 해야 맑은 마음이 된다는 것일까. 어찌 보면 흰 통꽃이 정 많은 욕쟁이 할머니의 수다 같기도 해, 저 식당에서 속풀이를 하면 속울음까지 몽땅 속풀이가 될 것 같다.

식당을 홍보하는 영업까지 잘해내는 저 통꽃, 최저시급도 받지 않고 일하는 저 통꽃. 식당과 관계없이 행인들에게 파란 마음 하얀 마음을 지니고 살라고 외치는 선각자 같은 저 통꽃. 아무도 없는 골목에 뚜뚜 뚜르뚜 나팔 불며 외치고 있다.

넓적한 초록 이파리는 파란 마음을, 커다란 하얀 꽃송이는 하얀 마음을 불어대고 있다. 세상 사람들이 모두 다 이렇게 파란 마음, 하얀 마음을 노래하고, 나팔 불고, 즐겁게 살아가 주었으면 좋겠다. 그 밝은 세상을 노래하고 있는 디카시라서 행복하다.

울산 바위 적송
설국 속에서도
독야청청하리
사시사철 한결같이.

고대륜 시인의 디카시집 출간을 축하하며

계간지 [오은문학] 디카시 문학상 대상 수상작인 이 디카
시에서의 시적 화자는 절벽 중턱에서 자라고 있는 소나무를
바라보고 있다.

　　바위에 뿌리 내려 사는 법을 터득한 저 적송의 눈빛이 깊
고 푸르다. 차가운 겨울바람에 아픔을 헹궈가며 여명에서
어스름까지 한달음에 달려왔을 저 적송. 긴 세월 동안 폭우
와 태풍에 맞서면서도 간절한 울림으로 일어섰을 저 적송.
독재에 항거하기 위해 외진 바위와 같은 현실에서 민주주의
를 노래했던 민주투사 같다. 사시사철 한결같이 민주주의를
노래하는 것이 결코 만만하지는 않았을 것이다. 삶의 터전
인 뿌리까지 얼어붙는 강추위 속에서도 민주주의를 외치는
민주투사 같은 저 적송의 푸르름. 그분들의 피 땀 눈물이 있
었기에 우리가 이처럼 잘사는 것이다.

　　뿌리 내릴 흙도 없는데 어떻게 적송은 저 험난한 곳에서
살아남았을까. 그나마 다행인 것은 큰 소나무 뒤에 작은 소
나무가 5그루나 있다. 저 소나무들은 서로 마음을 모아 바위
에 날아든 흙이라는 희망을 붙들고 나아갔을 것이다. 서로
에게 기대고 의지하며 눈보라를 헤쳐나가고 가뭄을 이겨냈
을 것이다. 소나무를 바라보는 것만으로도 가슴이 아리다.
그래도 살아 있고, 독야청청하고 있으니, 고맙다. 그것도 사
시사철 저리 한결같이 푸르르니, 신비스러울 따름이다. 저
소나무가 독자들을 일으켜 세우고 있다. 그 어떠한 역경이
나 시련 속에서도, 꿋꿋이 일어설 수 있는 용기와 희망을 주

는 듯해 가슴이 뿌듯해진다.

도우미

시멘트 벽 뚫고

쑥쑥 자란 대나무

목이 아플까 봐

화분대 받쳐 놨어요.

계간지 [오은문학] 디카시 문학상 대상 수상작인 이 디카
시에서의 시적 화자는 시멘트 벽을 뚫고 나온 댓잎에 눈길
을 고정하고 있다. 호기심 많은 댓잎은 시멘트 벽을 뚫고 나
오느라 힘들 법도 한데 눈도 깜박이지 않고 골목을 내다보
고 있다.

대나무의 호기심이 초록으로 풍성해지는 것일까. 초록의
댓잎들이 하나 둘 늘어나면서 잎들은 많아지고 있다. 이를
본 시적 화자가 염려한다. 대나무는 위로 자라야 듯이 이프

고대륜 시인의 디카시집 출간을 축하하며

지 않은데 호기심 때문에 옆으로 자라니 얼마나 목이 아플까. 하루 종일 대나무는 뒷목이 뻐근하도록 골목을 내다보고 있으니, 걱정이 됐던 것이다. 다행히 대나무의 목을 받쳐줄 화분대가 있어 안심이 된다.

그 지점에서 시적 화자는 어떤 깨달음에 이른다. 목이 아플까 봐 받쳐 주는 저 화분대가 도우미라는 것을 깨닫는다. 맞다. 상대의 아픔에 공감하며 손을 내미는 도우미처럼 우리도 누군가의 아픔에 손을 내밀어 보자고 말하고 있는 듯하다. 그러려면 먼저 상대방을 이해해야 한다. 상대의 말에 귀기울이며 세심하게 살펴봐야 한다. 밤낮없는 대나무의 호기심 때문에 목이 아픈지, 숨막히는 일상 때문에 댓잎이 탈출을 시도한 것인지, 사랑 때문에 댓잎들이 월담을 하고 싶은 건지 먼저 살펴봐야 한다.

사진 속 화분은 대나무의 목을 떠받들고 있다. 시적 화자가 아주 유머스럽게 벽화를 재해석하고 있다. 진짜 대나무의 목이 아플까 봐, 화분대를 받쳐 놓은 듯하다. 우선 눈이 즐겁고 마음이 즐겁다. 이런 유머, 이런 해학, 이런 장난끼, 이런 넉넉한 마음이 세상에 존재한다면, 얼마나 멋지고 얼마나 평화로울까, 문득 그런 생각이 든다.

사랑처럼
내 목숨 다하도록
설화를 피우리.

이 디카시에서의 시적 화자는 강가에 서 있는 소나무에 설화가 피어 있는 모습을 보고 감탄하고 있다.

겨울강이 흐르고, 강가에 늘어서 있는 소나무들엔 설화가 피어 있다. 추운 겨울날 사방은 꽁꽁 얼어 있고, 모든 성장이 멈춰 있고, 춥고 시리기만 하다. 그런데도, 소나무는 마치 목숨 다하도록 꽃을 피운 채 서 있다. 그 모습이 의젓하다. 그 모습이 자랑스럽고 대견하다. 여러 소나무가 마음을 모은 듯 설화를 피우고 있어 보기 좋다. 찬바람에 수천 번 흔들렸을 텐데도 소나무는 가지마다 설화를 피우고 있다. 미끄러지고 떨어지고 넘어지기를 수천 번 하면서도 설화라는 사랑을 위해 도전하고 또 도전했을 것이다. 세상천지에 사랑만이 가장 위대하다는 듯이 흰빛의 목소리를 우렁우렁 내고 있다. 날마다 첫 설렘처럼, 목숨 다하는 날도 첫 설렘처

고대륜 시인의 디카시집 출간을 축하하며

럼, 사랑만을 받들며 사랑만을 외치며 살겠노라고 다짐하
는 저 설화들.

　눈이 내리는 겨울 풍경 속에서 마음이 편안한 이유를 이제
는 알 것도 같다. 그 깨달음을 에둘러 말하는 시적 화자가 멋
지다. 추운 겨울의 울음도 사랑이라는 설화만 있으면 금방
잦아들 것 같다. 절룩이며 다가오는 아픔도 사랑이라는 설
화만 있으면 금방 나을 것 같다. 온 겨울이 설화로 꽃 피어났
으니 봄은 이미 온 것과 마찬가지다.

거목의 기도
마을의 수호신이
두 손 모으며 한마디
바르게 살아라
돕고 살아라.

계간지 [오은문학] 디카시 문학상 대상 수상작인 이 디카시에서의 시적 화자는 동네 당산나무를 마을의 수호신으로 여기고 있다.

　마을의 수호신 당산나무에는 수많은 세월의 얘기가 스며 있을 것이다. 자식들 몰래 눈물 흘렸던 어머니의 아픔과 송두리째 뽑혀 나갔던 삶의 모습과 꿈을 잃고 주저앉아야 했던 가난한 목소리가 스며 있을 것이다. 당산나무는 그 울음들을 들으며 초록 그늘로 다독이며 그 곁을 지켜주었을 것이다. 당산나무의 마음을 동네 사람들은 알았던 것일까. 동네 사람들은 당산나무 앞을 지나가며 두 손을 모아 경의를 표한다. 사람들은 당산나무 초록 그늘 아래서 마음을 치유하고 내일을 살아갈 용기를 얻었을 것이다. 당산나무는 어떤 기도를 하며 사람들을 대했던 것일까. 시적 화자는 그 지점에 주목하고 있다.

　수백 살의 나이를 넘고 넘으면서 깨달은 지혜가 응축된 기도의 내용은 무엇일까. 그것은 '바르게 살아라, 돕고 살아라'였다. 너무나 단순한 삶의 이치를 마을의 수호신이 말하고 있다. 결코 가볍지 않는 한마디, 세상 풍파를 견디며 깨달은 한마디, 살아갈 날들에 대한 긍정의 한마디. 당산나무의 이 한마디, 짧지만 강력한 삶의 지혜 앞에서 갑자기 마음이 숙연해진다.

　바르게 살면, 우선 사회가 맑아지고, 자신도 맑아진다. 돕고 살면, 사회가 행복하다. 그런 사회에서는 마음의 평온이 찾아오고, 웃음꽃도 돌아온다. 돕고 사는 곳에 사랑이 샘솟고, 사랑이 정착하고, 사랑이 열매 맺는다. 바르게 살아야 가정이 행복하고, 돕고 살아야 마을이 행복하다. 그 단순한 진리를 당산나무의 기도를 통해서 만날 수 있어 행복하다.

수평선의 신비
하늘 끝엔 누가 살까요
저 바다 끝엔 누가 살까요.

계간지 [오은문학] 디카시 문학상 대상 수상작인 이 디카시에서의 시적 화자는 저멀리 수평선을 바라보고 있다. 그러던 중 이렇게 묻는다. 하늘 끝에 누가 살까요? 저 바다 끝엔 누가 살까요? 수평선에는 도대체 누가 살고 있길래 아침이 되면 해를 밀어 올리고 저녁이 되면 해를 데려갈까.

해의 거처가 수평선 그 어디메쯤 있는 게 분명하다. 그렇지 않고서야 매일 매일 태양의 출퇴근이 반복될 수 없다. 태풍으로 해님이 앓아누워도 하룻밤만 지나면 해는 다시 하늘로 출근을 한다. 도대체 수평선에는 누가 살길래 밤새 해를 병간호해 주고 해의 출퇴근을 도와주는 것일까. 시적 화자처럼 필자도 무척 궁금하다.

묻고 싶어도 입을 열지 않는 수평선. 갈매기의 날갯짓으로도 수평선의 입은 열리지 않고 멸치 떼의 간지럼에도 입을 열지 않는 수평선. 시적 화자는 그 수평선의 다문 입을 보며 수평선의 신비라고 추측한다. 달에는 토끼가 살듯이 수평선에는 누가 살까. 해를 밀어 올리고 데려갈 만큼의 힘이 있어야 하니까 용이 사는 걸까.

이 디카시는 상상 속의 나래를 펼치게 해 재미있다. 자기 현실에서 잠시 벗어나, 상상의 세계 속에 풀어놓을 자기 꿈, 자기 생각, 자기 상상 등이 무한히 뻗어 나온다. 그 뻗어감이 끝이 없을 때, 우리의 꿈과 미래는 더욱 신비로울 것이다.

고대륜 시인의 디카시집 출간을 축하하며

내 인생처럼
저녁노을
그 황금 물결 속으로
하루가 간다.

이 디카시에서의 시적 화자는 마치 자화상을 보는 것처럼
노을을 바라본다.

노을은 자꾸 황금 물결 속으로 지고 있다. 그러면서 또 하루
가 간다. 여기서 저녁노을은 힘들게 하룻길을 걸어오느라 피
멍이 든 붉은 노을이 아니다. 가을의 들녘처럼 감사함으로 풍
요로운 황금 물결이다. 그만큼 시적 화자는 자신의 인생을 잘
살아온 듯하다. 삶의 뒤안길을 조용히 묵상하면서 남은 여생
을 감사함으로 보낼 수 있다면 최고의 인생이 아닐까. 그런 삶
을 살아온 시적 화자가 부럽다. 빠듯한 삶에 고만고만한 아픔
들이 수없이 밀려왔다 밀려갔을 텐데 어떤 자세로 삶을 대했
길래 황금 물결 같은 여생을 살아가는 것일까.

가을은 황금 들녘처럼 감사함으로 깊어지는 계절이다. 혹
시 시적 화자는 감사함이 몸에 배인 걸까. 살아 있음에 감사

하고 가까운 지인들과의 인연에 감사하고 노년을 맞이할 수 있어 감사하다고 여겼던 것은 아닐까. '황금 물결'이라는 표현 속에 많은 것들이 내포되어 있어 멋지다. 감사한 마음으로 살아야 인생은 아름다울 수 있다라는 깨달음을 주는 시, 이런 디카시가 있어 행복하다.

원앙 부부
나는 너를 위해
너는 나를 위해
살아가는 짝꿍.

이 디카시에서의 시적 화자는 나무로 만든 부부 인형을 바라보며 감탄하고 있다.

부부는 단순한 남자와 여자의 만남이 아니다. 아픔을 끌고 온 남자의 인생길과 울음을 끌고 온 여자의 인생길이 만나는 것이다. 내 아픔을 알아달라고 하소연하는 남자와 내 울음을 이해해 달라는 여자가 만났으니, 두 인생길이 만나는 교차로는 얼마나 번잡할까. 그만큼 부부의 마음을 섞는 일은 어렵고 힘들다.

고대륜 시인의 디카시집 출간을 축하하며

남편이 아내에게 내 길이 맞으니 당신의 길을 포기하고 내 길을 걸으라고 하면, 아내의 슬픔은 범람해 아내의 인생길은 모두 울음에 잠길 것이다. 그렇다면 한쪽이 다른 한쪽을 끌어안아 부부가 모두 행복해질 수 있는 방법은 무엇일까. 시적 화자는 그 지점에 주목하고 있다.

　나무로 된 원앙 부부 인형을 통해서 부부가 행복하게 살아가는 비법을 소개하고 있다. 나는 너를 위해, 너는 나를 위해 살아가면 된다. 그게 진정 짝꿍이고 원앙 부부다. 서로를 위해 존재하고, 서로를 위해 봉사하고, 서로를 위해 짝꿍이 되어 주고, 이를 지켜 주는 자세, 멋지다. 왜 우리 삶이 팍팍하고 무미건조한지 알 것 같다. 이제부터라도 상대는 나를 위해, 나는 상대를 위해 살아가면 된다. 그게 바로 사랑의 기적이다.

번영
광풍으로 생채기 입었지만
희망만은 꼭 붙들고 있을 거야.

이 디카시에서의 시적 화자는 생채기 입은 꽃에서 희망을 배우고 있다.

광풍으로 생채기 입었는데도, 여전히 희망만은 꼭 붙들고 있는 꽃 한 송이! 꽃의 삶에서 생의 절반이 꺾였는데도 꽃은 여전히 희망을 붙들고 있다. 바라보는 시선에 여유와 여백이 함께 자리하고 있다. 광풍도 생채기 낼 수 없는 희망, 몰아치는 어둠에도 탱글탱글한 희망, 어떤 상황 속에서도 발랄한 몸짓의 희망, 그 희망이 있는 한 반드시 일어나 번영할 것이라고 말하고 있다.

어떻게 보면 희망은 좌절 속에서도 빛이 나는 최후의 결심 같은 것이다. 결국 그 결심들이 뭉쳐서 다시 삶을 일으켜 세운다. 어둠의 긴 터널 속에서도 희망이라는 새벽을 붙들고 있으면 언젠가는 반드시 여명을 맞이하는 것처럼.

봄은 푸른 희망으로 무르익어 사방천지가 온통 연둣빛이다. 그 푸른 희망을 놓지 않고 붙들기 위해 봄은 얼마나 안간힘을 썼을까. 광풍 같은 눈보라에 세상이 꽁꽁 얼어붙어 생채기를 입었을 텐데도, 푸른 희망을 붙들기 위해 막판까지 얼마나 고달팠을까. 우리도 저 꽃처럼 삶의 절반이 무너진다 해도 희망을 붙들고 있어야 한다. 꽃 한 송이의 말, 뜻, 시련, 의지 등이 하나로 어우러져 은은한 메시지를 보내고 있다. 그 어떠한 환경에서도 잘 자라주기를 애타게 소망한다.

고대룡 시인의 디카시집 출간을 축하하며

곧은 성품
그 기개
하늘을 찌르려고 하네.

이 디카시에서의 시적 화자는 곧은 성품을 찾고 있다.

그 눈길은 어느새 대나무에게로 향한다. 사진 속 죽순이 쭉쭉 뻗어 있다. 허공과 단판을 짓기 위해 하늘을 찌르려고 하는 게 아니다. 불의와 타협하지 않기 위해, 곧은 성품을 지키기 위해, 의를 소중히 여기기 위해 그 기개가 하늘을 찌르는 듯하다는 것이다.

대나무는 살면서 수많은 유혹과 아픔이 있었을 것이다. 그 많은 속울음을 마디마디 다독이다가 제 속을 비웠던 것일까. 칸칸이 들어찬 푸른 멍자국에 아팠을 텐데도 비우고 비우면서 제 마음을 내려놓았던 것일까. 조금만 비겁하면 살기가 편했을 텐데도 그 모든 유혹을 뿌리치고 올곧게 살아간 대나무. 유혹을 따르고 싶은 속마음을 비우고 욕심을 내려놓고 곧게 살고 싶어하는 그 의지가 푸르디푸르러 멋지다. 사진 속 죽순 하나가 활기찬 미래를 약속이나 하듯, 쑥쑥 자랄 기세다. 죽순 하나에 쏠리는 시선이 이번에는 하늘 찌를 듯한 그 기세에 감동하고 있다.

　이왕 자랄 바엔, 하늘을 찌를 듯이 자라나 세상을 내려다보며 이치를 밝히며 사랑을 베풀며 살아가야 한다. 그런 메시지를 안겨 주는 듯하다.

기다림
언젠가는 걸리겠지
참고 또 참고.

　이 디카시에서의 시적 화자는 거미줄에 엎디어 있는 거미 입상에서 마음을 다지고 있다.

고대륜 시인의 디카시집 출간을 축하하며

저 거미는 목표를 향한 뚜렷한 집념이 있다. 그렇지 않고서야 한자리에서 참고 또 참으면서 버틸 수 없을 것이다. 배고파도 뒷목이 뻐근해도 팔다리가 저려와도 그저 묵묵히 참고 기다린다. 거미는 한자리에서 계속 머무르는 저 자세로 어제를 살고 오늘을 살아왔을 것이다. 그 자세가 거미의 식구들까지 먹여 살렸을 것이다. 문득 삶을 대하는 자세는 저래야 한다라는 생각이 든다. 당장 성과가 나타나지 않는다고 하더라도 참고 기다려야 한다. 나무도 제 안에 숨은 꽃이 눈뜰 때까지 애태우며 기다린다. 기다린다는 것은 막막한 시간을 건너 끝도 없이 펼쳐진 어둠을 건너가는 일이기에 참고 인내할 줄 알아야 한다. 단 한 번의 기다림에서 꽃은 피어나지 않는다. 꽃샘추위와 같은 고난을 참고 또 참아야 꽃이 피어난다.

시적 화자는 그 기다림의 깊이만큼 삶은 아름다워지는 거라고 말하고 싶었던 건 아닐까. 사진 속 거미는 거미줄에 먹이가 걸려들 때까지 기다리고 또 기다린다. 오랜 시간이 걸리기도 하고, 또 배고픔을 견뎌야 하고, 햇볕과 비바람도 이겨내야 한다. 역경과 고난과 시련을 다 극복하면서 기다리고 기다려야 자신의 꿈을 이룰 수 있다. 언젠가는 소망이 이뤄질 것이다. 그 소망에 대한 믿음이 깨지지 않고 이어지면, 언젠가는 행운과 행복이 찾아올 것이다. 마치 인생사를 내려다보는 것 같아, 마음이 숙연해진다.

우리는

한 뿌리
언제까지나
형제의 사랑
잊지 말자.

    이 디카시에서의 시적 화자는 두 나무가 한 뿌리 되어 살
아가는 모습을 보고 신기해 하고 있다.

    사진 속 나무는 벼랑 끝에 서 있다. 발 한 번 삐끗하면 벼
랑 끝으로 떨어질 것 같다. 사방이 시멘트 숲이어서 저 나무
에게는 섬뜩할 것이다. 새소리 하나 깃들지 않은 저 삭막한
공간 속에서 나무는 얼마나 무서웠을까. 손이라도 마음대로
뻗을라치면 막무가내로 가지치기를 당했을 텐데, 가슴에 쌓

고대륜 시인의 디카시집 출간을 축하하며

이고 쌓인 울음은 또 얼마나 많았을까. 그래도 뿌리로 연결된 나무여서 다행이다. 아픔을 나누고 슬픔을 의지할 수 있는 뿌리라도 연결되어 있으니 다행이다. 사방에서 옥죄이는 시멘트 공간 속에서 기댈 곳이라도 있어서 그나마 안심이 된다. 두 그루의 나무는 이왕 한 뿌리가 되었으니, 언제까지나 형제의 사랑 잊지 말고, 한결같이 살아가자라고 다짐하고 있다.

사진 속 나무 뒤에는 아파트가 들어서 있다. 아파트 공사 때 뿌리가 뽑혔을지도 모르는 아찔함도 있었을 것이다. 그 두려움을 함께 견뎌낸 뿌리의 시간 앞에서 마음이 숙연해진다. 저 두 그루의 나무는 처음부터 뿌리가 연결되어 있지는 않았을 것이다. 두려움을 이겨내기 위해, 아픔을 견디기 위해, 슬픔을 다독이기 위해 서로에게 의지하면서 하나의 뿌리로 연결되었을 것이다.

이 시는 우리에게 저 뿌리처럼 서로에게 의지하며 험한 세상을 건너가라고 말하고 있는 것 같다. 앞으로 저 두 그루의 나무에게 태풍이 불어닥칠 수도 있을 것이다. 하지만 뿌리로 연결된 그 의지가 태풍을 잘 헤쳐나갈 것이라 여겨진다. 우리도 저 뿌리처럼 서로에게 버팀목이 되어 주면서 나아가자. 그래, 형제애만 있다면 이 세상 무서울 게 뭐 있겠나, 은근히 용기가 생긴다.

살고 싶다
마지막 순간까지
빛 선사하는
저 해님처럼.

　이 디카시에서의 시적 화자는 서녘 아파트숲 저 너머로 져
가는 해를 바라보며 사색에 잠겨 있다.
　심장이 쿵쾅거릴 정도로 숲에게 햇살을 선물했을 해님,
어둠을 지우기 위해 애를 썼을 해님, 꽃들에게 깔깔거리는
명랑한 웃음을 선물했을 해님. 그 해님처럼 살고 싶어한다.
　시적 화자는 이런 마음을 '마지막 순간까지/ 빛 선사하'고 싶
다고 에둘러 말하고 있다. 여기서 그 빛이 상징하는 것은 무얼
까. 빛은 삶에 대한 긍정적인 자세이며, 절망을 딛고 일어설
희망이며, 상대방의 아픔을 이해할 줄 아는 공감 능력일 것이
다. 마지막 순간까지라는 표현 속에서 늘 한결같이 빛을 선사
하려고 노력했을 시적 화자의 마음이 느껴져 멋스럽다.

고대륜 시인의 디카시집 출간을 축하하며

처음도 중간도 그랬듯이 생의 마지막 날까지도 빛을 선사하고 싶어하는 시적 화자. 멋진 인생관을 갖고 있어 부럽다. 마지막 순간까지 저 해처럼 빛을 선사하는 사람이 되려면 먼저 자신이 밝아야 한다. 삶도 밝고, 행동도 밝고, 마음도 밝고, 몸가짐도 밝아야 한다. 그만큼 노력해야 하고, 그만큼 사회 모범이 되어 앞장서 살아가야 한다. 그러한 삶을 살아가겠다는 시적 화자의 강한 다짐과 각오가 곁들어 있어, 멋스럽다. 우리 모두 빛을 선사하는 해님을 섬기며 해님 중독자가 되어 평생 빛을 선사하는 인생을 살아갔으면 좋겠다.

사랑의 시작
라일락이에요
수줍은 듯
다정히 인사하더군요
그때부터였어요.

월간지 [문학공간] 디카시 문학상 대상 수상작인 이 디카시에서의 시적 화자는 아주 은밀한 고백을 하고 있다.

　시적 화자는 수줍은 라일락의 향기에 취해 어지러웠던 것일까, 사랑하는 님을 만나 님의 향기에 취해 어지러웠던 것일까. 마음의 균형을 잃고 순간 휘청거리며 어지러웠을 사랑의 시작점에는 라일락이 있다. 라일락 향기처럼 공중을 건너 봄이 끝나기 전에 님과 사랑하고 싶은 것이다. 아직 피어나지 않은 라일락의 꽃망울까지 모두 마음에 품어 님에게로 가고 싶은 것이다. 시적 화자만의 짝사랑인지 마주보며 주고받는 사랑인지는 알 수 없지만, 하루 종일 라일락 향기 같은 님에게 빠져들고 있다. 봄은 기다렸다는 듯이 뭉텅 뭉텅 라일락 향기를 뿜어대고 그 향기에 마음을 실어 님에게로 다가가고 싶어한다.

　달달한 사랑이 느껴져 부럽다. 이제 시적 화자의 사랑은 시작되었다. 라일락에 대한 사랑이 시작되었다는 건지, 아니면 진짜 연인과의 사랑이 시작되었다는 건지, 짝사랑이 시작되었다는 건지 알 수 없지만, 사랑이 시작되었다니, 어쨌든 부럽다. 부디 그 사랑이 오래도록 지속되기를 소망해 본다. 사랑은 오래 지속될수록 그 빛을 더 가치 있게 발할 테니까.

그리움 · 1

힘들었어요
말도 마요
어둠 속에서
수년간 기다렸다구요.

월간지 [문학공간] 디카시 문학상 대상 수상작인 이 디카
시에서의 시적 화자는 이제 막 대지를 뚫고 나오는 죽순을
의인화하여 그리움을 말하고 있다.
  죽순은 종죽(種竹)을 심은 지 5년의 시간이 흘러야 대나무 순
으로 자란다. 땅속에서의 기나긴 인내와 기다림이 있어도 고
작 30cm 자란다. 캄캄한 어둠 속에서 그 기나긴 기다림을 어

떻게 버티었을까.

연둣빛 환한 그 그리움 때문일까, 바람의 노래를 부르는 댓잎의 그리움 때문일까, 백년 만에 한 번 핀다는 대나무꽃을 향한 그리움 때문일까. 얼마나 그리움이 깊으면 어둠 속에 갇힌 아픔을 깨고 솟아날 수 있는 것일까. 뿌리의 그리움으로 단단한 땅을 뚫고 나온 저 죽순. 층층이 기다림의 마디를 새기면서 공중으로 얼굴을 내민 저 그리움. 그리움은 어둠 속에서 저 대나무의 뿌리처럼 수많은 시간을 인내하며 역경을 견뎌내야 비로소 빛을 발할 수 있는 것이다. 그러니 인간들아, 너희들도 너무 쉽게 열매를 얻으려 하지 마라. 세상에서 빛을 보기 위해서는 그만큼 시련을 견뎌내야 한다. 그런 다음 빛 가운데 솟구치는 그 기쁨과 환희를 만끽하길 바란다. 이런 외침이 디카시 속에서 웅얼이고 있는 듯하다.

지금까지 살펴본 고대륜 시인의 디카시들은 모두 다 한결같이 인생에게 크고 작은 교훈을 주고 있다.

평소 성격이 조용하고 다정한 성품 그대로, 또 아내를 알뜰살뜰 사랑하고 돌보는 그 따스한 성품 그대로, 디카시를 창작하고 있다.

디카시는 디지털카메라와 시가 만나, 새로운 장르로 성장하고 있지만, 인간의 마음과 아주 밀접한 관계를 유지하고 싶어한다.

디카시 따로 인간 따로가 아니라, 디카시와 사신과 인생

고대륜 시인의 디카시집 출간을 축하하며

은 하나되어 어우러지고 서로 얼싸안고 마음을 주고받으며 살아간다.

　시 속의 현상들은 시적 형상화 속에서 녹아나 아름다운 향기를 뿜어내고 있다. 사진이 있어야 그 시의 감칠맛이 배가 되고, 또 시가 있어야 사진의 의미가 그만큼 더 반짝이며 빛나게 된다. 그래서 디카시에서는 시와 사진과 제목이 서로 긴밀히 연계관계를 맺고, 서로 돕게 된다.

　사진은 되도록 선명하고 깔끔하며 또 대각선 구도가 잡혀야 좋다. 시적 형상화를 끝까지 도우며, 감동을 주어야 한다. 시는 반드시 사진을 돋보이게 해주어야 한다. 되도록 시적 형상화를 빚어야 하고, 이왕이면 이미지 구현이 이뤄지도록 해야 한다. 내친김에 새로운 해석, 사물에 대한 새로운 시야로 해석해내는 노력이 겸비되어야 한다.

　제목은 사진의 주요 소재를 그대로 올리지 말고, 사진과 시적 형상화를 아우르고 품어 안고 다독일 수 있어야 한다.

　고대륜 시인의 디카시들은 이러한 요건들을 두루 구비하고 있다. 특히, 짤막한 시어 구축, 배치 등이 독자의 눈길을 확 잡아끌고 있다. 마치 장 콕토의 시를 보는 것 같다. 짧지만, 시로서의 할 말을 다하고 있는 듯하여, 뿌듯하다. 시의 맛이 살아 있어, 읽는 독자들을 행복하게 해준다.

　부디 고대륜 디카시집 제2권, 제3권도 세상에 잇달아 나와,

독자들을 기쁘게 해주었으면 좋겠다. 오래도록 건강 장수하여, 여생 동안 수많은 디카시들을 창작하여, 독자들의 정서 순화, 그리고 성장의 디딤돌이 되어 주었으면 하고 소망한다. 다시 한 번 고대륜 디카시집 출간을 진심으로 축하한다.

– 무더위 속에서도 시원한 바람이 불어오는 한밤중에

한실문예창작 지도 교수 박덕은
(문학박사, 전 전남대 교수, 문학평론가, 시인, 소설가, 동화작가, 사진작가, 화가)

고대륜 시인의 디카시집 출간을 축하하며

작가의 말

모든 것을 눈으로 보고 가슴으로 느낀 심정을 짜놓은 저의
마음을 디카시로 내놓았습니다.
이제 겨우 걸음마 단계입니다.
항상 고운 심성으로 주위의 모든 것을 긍정적으로 살피면
서 살아가고 싶습니다.

그동안 시를 쓰는 저에게 시를 써 가는 방향을 제시해 주고 지도해 준 박덕은 교수님께 깊은 감사를 드립니다. 관심과 배려로 힘을 보태 준 문우님들께도 감사를 드립니다.

투병 중인 아내가 이 시를 통해 쾌유되었으면 좋겠습니다.

- 고대륜

祝詩

시인 고대륜

박덕은

얼음 동굴 안으로
황금빛 햇귀
쏴아 밀려올 때

성큼 성큼 걸어나와
장대한 대지
그 한복판에 섰다

한때 하늘의 기까지
온몸에 받아
푸른 포부를 키웠다

지평선을 달릴 때는
포효하며
꿈자락 휘감기도 했다

때론 행운의 빛살에 젖어
눈물의 의미까지
탐닉하기도 했다

정서의 동산에 서자
정성을 모아
시심의 탑을 쌓았고

이제는
소중한 동반자랑
향긋한 여생의 노래 부르며

날마다
부부의 정을
알뜰살뜰 가꿔 가고 있다.

차 례

제3장 야생초처럼 ...

제4장 소나기 열정

제1장

접시꽃 고백

회혼례

여보
그동안 수고 많이 했소
당신도 …….

인생 출발

사랑으로

믿음으로

존경으로

으싸.

뭉게구름

하늘 높이 날아올라
청운의 뜻 활짝 펼치자.

우리나라 꽃

무궁화 삼천리 화려강산
오늘날
애국가에만 피어 있네.

울산바위 적송

설국 속에서도
독야청청하리
사시사철 한결같이.

암태도의 전설

바위는
바위 이고 살고
바위섬은
섬사람 이고 산다.

푸르름

녹색 정원 속에

살고 있는 그대

평화와 행복 넘치리.

흰 통꽃

나팔 불고 싶어요
파란 마음 하얀 마음
뚜뚜 뚜르뚜.

돌벽화

조화로움 위해
우리는 채택됐어요
얏호!

접시꽃 고백

손 흔들며
인사한다
진심으로
사랑합니다.

수국화

항상
청춘이고 싶어요
이대로
이 모습 그대로.

도우미

시멘트 벽 뚫고
쑥쑥 자란 대나무
목이 아플까 봐
화분대 받쳐 놨어요.

꽃들의 향연·1

날마다
사랑을 베풀고
있어요.

꽃들의 향연·2

우리집 정원에서
화무잔치 벌어졌어요
실컷 구경하고 가세요.

오붓한 가족

능소화 형제 자매들
다복한 식구들
다정다감해서
보기 좋아요.

달과 나

달님은
구름 속에 놀고
오봉은
송해송에 빠진다.

초대장

저희들은
여름꽃이에요
벌님들
어디 갔나요?

부녀의 정

아버지, TV 같이 봐요
오냐, 어서 와라.

님의 향기

어디서 향기가?
담 너머 라일락이었네요
가까이 가 두 눈 감고
코끝 내밀었죠.

장미꽃 타령

마음씨 착한
아가씨들
너무나 예뻐요.

사랑처럼

내 목숨 다하도록
설화를 피우리.

우리 사랑처럼

영혼까지
불태우는
단풍숲.

기도야

호심 맑은 호수 되어
하늘 끝까지
가 닿아라.

대한민국

태극기 깃발처럼
펄펄 날려라
세계 어디서나.

역경 속에서도

화암산
꽃 속에 바위
장하다.

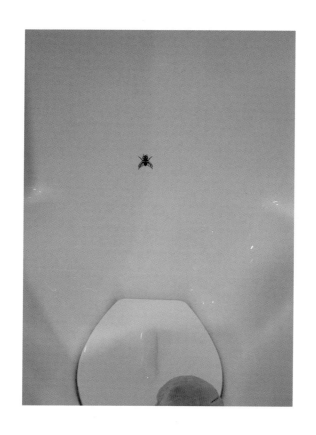

남자의 소망

목표물 된
운명 향해 발사
정확히 조준하여.

제2장

거목의 기도

담쟁이넝쿨의 결심

기어코 오르고야 말 거야
아무리
비바람이 휘몰아친다 할지라도.

절망은 없다

다시 살아날 거야
온 몸뚱아리가
잘려 나갔다 할지라도.

고마워

마지막까지
시심 위해
노란 카페트 깔아 준
은행잎들.

백양사 찾은 날

오색단풍 물들고
청아한 풍경 소리
들리는 듯.

오늘도

희망의 구름

하늘 위로

자꾸 자꾸 솟구친다.

공평

하루 마지막까지
태양은 빛난다
만인을 위하여.

두 사돈

담소 즐기며
일상의 피로를 푸는
함평댁과 신안댁.

즐거운 한때

이세돌 기념관에서
정갈한 마음 자세로
바둑 한 판 놓다.

고교 동창

고향의 여름 백사장
모두 80을
머리에 하얗게 이고
재잘거리며 거닌다.

무궁화의 애국심

우리나라 꽃
피고 지고 또 피어나
무궁무진 대한민국 받드네.

거목의 기도

마을의 수호신이
두 손 모으며 한마디
바르게 살아라
돕고 살아라.

고양이 낮잠

평안히
잠을 자는
태평성대.

January – 일없이 웃고
February – 이유 없이 웃고
March – 실실이게 웃고
April – 사정없이 웃고
May – 오지게 웃고
June – 유쾌하게 웃고
July – 질실이게 웃고
August – 펄펄하게 웃고
September – 구수아게 웃고
October – 시끌벅적하게 웃고
November – 시비 걸어도 웃고
December – 십이지장이 끊어지도록 웃자

재미나요

빛고을 노인건강타운
12달 내내 웃는 영어 공부
늘 달달해요.

향수

가고파라 내 고향
백사장에 길게 펼쳐진
푸른 파도 소리 들으러.

군무

꽃잔치로
화무를 맘껏
즐기고 있어요.

수평선의 신비

하늘 끝엔 누가 살까요
저 바다 끝엔 누가 살까요.

수련의 하루

물놀이
재미있어요
둥둥.

황기

지력을 얻고자
몸 맘 다 열고
십자가처럼 서 있다.

역사 탐방

가락국 성터
아직도 여전히
무상하구려.

백의천사

하늘에서
내려왔나 봐요
누굴 만나러?

내 인생처럼

저녁노을
그 황금 물결 속으로
하루가 간다.

누명

무궁화를
누가 눈의 피꽃이라 했나
저리 활짝 웃는 대한의 꽃을.

안전 제일

꾀꼬리 집짓기
나뭇가지에 집을
오늘도 조심 조심.

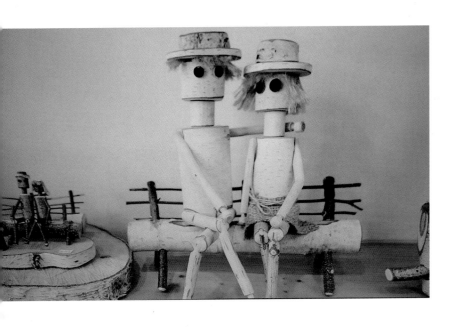

원앙 부부

나는 너를 위해
너는 나를 위해
살아가는 짝꿍.

제3장

야생초처럼

경천사 10층 석탑

저 높은 탑을 향하여
나무아미타불 관세음보살.

형제

형과 동생
아빠 쏘옥 빼닮았다
표정까지.

백송의 향기

굳은 절개
품고 사는
백의 소나무.

숲의 노래

눈폭탄 맞아도
우린 끄덕없어.

번영

광풍으로 생채기 입었지만
희망만은 꼭 붙들고 있을 거야.

봄소풍

연분홍 치마 입고
다들 봄맞이하네.

곧은 성품

그 기개
하늘을 찌르려고 하네.

한목소리

해밝은 세상 위해
달콤한 사랑 위해
항상 함께 웃을래요.

발견

초승달 너는 왜
항상 누워서만 가느냐.

야생초처럼

길가에서
크고 자라서
꽃 피워도
나는 좋아.

나를 따르라

사랑을 위하여
진짜 멋진 인생을 위하여.

청춘처럼

무럭무럭 자라
시원한 그늘을
만들어 줄 거야.

대나무처럼

변치 말고
바르게 살자
아들아.

퍼레이드

백군 이겨라

홍군 이겨라

한나절 내내 소리 지른다.

선보고 가세요

이 집 딸들이에요
딸 부잣집이랑께유.

기다림

언젠가는 걸리겠지
참고 또 참고.

동행

막둥아 둘째야
어서 와
모두 모여 같이 가자.

삼총사

우리 셋의 마음
항상 깨끗이
비가 오나 눈이 오나.

오르자

시작이 반
한 계단 한 계단
서두르지 말고 서서히.

인생사처럼

오르막이 있으면
반드시
내리막이 있는 법.

몰랐지?

보이는 꽃대는 시들어도
안 보이는 뿌리는
여전히 튼실해.

선물

손자 손녀의 마음
고스란히 담겨지다.

어디든

벽장도 담벽도
기어갈 수 있어
멜로디처럼.

늙은 나무

살아온 세월을
물어도
그저 침묵뿐.

결심

상록수는
절대로 안 죽어
끝까지 살 거야.

우리는

한 뿌리
언제까지나
형제의 사랑
잊지 말자.

제4장
소나기 열정

모범

저희들은
이렇게 평화롭게 살아요
배우세요.

라인효친

전라도 사람은 누구나
부모에게 효도한대요.

소나기 열정

저 빗줄기 보이나요
한 주름씩 주룩 주룩.

살고 싶다

마지막 순간까지
빛 선사하는
저 해님처럼.

걱정

삼형제 중
막둥이가 다쳤어요
어쩌나.

태풍 후

모진 비바람에
몸이 다 망가지고
애꾸눈이 되었어요.

봄소식

노란 꽃들이
한데 모여
잔치를 한대요
구경 가요.

백발

아서요
세월 탓하여
무엇하겠소.

기다릴게요

저 라일락이에요
벌님은 언제 오나요
나비와 함께 오셔요.

사랑의 시작

라일락이에요
수줍은 듯
다정히 인사하더군요
그때부터였어요.

놀러오세요

우리집 베란다
꽃잔치 해요
조촐하게.

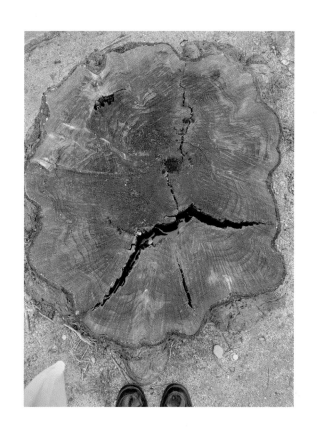

경건히

노목 그루터기 앞에
신발 가지런히 모으고
기도해요.

다정다감

온 동네
잔치 벌렸다
다정이네 다감이네 다 모여
꽃잔치 벌렸다.

금슬

한 번 더 밀어 줄까요
어디든 말만 해요
당신의 지팡이이니까.

봄단장

연초록 새 옷

입었어요

어때요?

겁나게 이쁘지요.

모녀 봄나들이

딸아, 어서 봄맞이 가자
엄마, 나도 따라갈게요.

쌍벽

청죽의 마음씨
올곧고 꿋꿋하지
오죽은 오죽하랴.

투영

형이 하는 대로
이 동생은
따라갈게요.

열정

우리는
뜨거운 정으로
활활 타오르며 살아가요
태양처럼.

봄맞이

우리들은
삼동을 이겨낸 사이
벌나비
맞이할 준비 끝.

그리움·1

힘들었어요
말도 마요
어둠 속에서
수년간 기다렸다구요.

그리움·2

누가 보고파
저리 붉게
웃고 있을까.

님이여

청초하고
예쁜 입술로
입맞춤하고파요.

사랑 고백

우린 한 뿌리
너 없으면 난 못 살어
알지?

자랑거리

칼바람 추운 겨울에도
우리는
한결같이 정열적이야.

한실 문예창작 문우들의 작품집

오늘의 詩選集 Series

한실 문예창작 동인지

한실 문예창작 동인지 제1집
『한꿈』

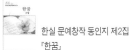
한실 문예창작 동인지 제2집
『한꿈』

한실 문예창작 동인지 제3집
『당신의 쓸쓸함은 안녕하십니까』

한실 문예창작 동인지 제4집
『목련은 흔들리고 있다』

한실 문예창작 동인지 제5집
『그래도 한쪽 가슴은 행복합니다』

한실 문예창작 동인지 제6집
『좋은 걸 어떡해』

한실 문예창작 동인지 제7집
『아직도 사랑인가 봐』

한실 문예창작 동인지 제8집
『꽃만 봐도 서러운 그날』

한실 문예창작 동인지 제9집
『보고픔이 자라고 자라서』

한실 문예창작 동인지 제10집
『처음 사랑』

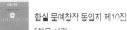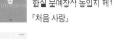

한실 문예창작 동인지 제11집
『마냥 좋아서』

한실 문예창작 동인지 제12집
『그대는 나의 누구인가』

한실 문예창작 동인지 제13집
『여백의 미학』

한실 문예창작 동인지 제14집
『사랑하기까지』

한실 문예창작 동인지 제15집
『시의 집을 짓다』

한실 문예창작 동인지 제16집
『그리움의 향기』

한실 문예창작 동인지 제17집
『인연의 향기』

오늘의 수필집 Series

오늘의 수필집 제1권
그곳 봄은 맛있었다
최세환 지음 / 288면

오늘의 수필집 제2권
바람 따라 구름 따라 별빛 따라
유양업 지음 / 288면

오늘의 수필집 제3권
행복한 여정
유양업 지음 / 304면

오늘의 수필집 제4권
창문을 읽다
박덕은 지음 / 164면

오늘의 수필집 제5권
꿈을 꾼다
유양업 지음 / 256면

오늘의 디카시선집 Series

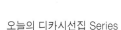

오늘의 디카시선집 제1권
그리움 흔들리는 날
이선주 지음 / 148면

오늘의 디카시선집 제2권
눈부신 사랑
김승환 지음 / 140면

오늘의 디카시선집 제3권
아내바라기
고대륜 지음 / 152면